Family name : RASMUSSEN
Code : #04.031
Family name : KIRISPUY
Code : #04.017
Family name : DOMENICO
Code : #04.023
Family name : NIHOUL
Code : #04.057
Family name : DELANOY
Code : #04.020
Family name : BANKS
Code : #04.049
: KNABEN
11
Family name : FRAZER
Code : #04.051
Family name : SMOL
Code : #04.033

SIKORSKI
LAPIÈRE

LA CLÉ DU MYSTÈRE

2. Sabotage en haute mer

DUPUIS

À ma Pupuce, Sarah.

A.S.

D'après une intrigue originale de Pierre Veys.
Couleurs : Scarlett.

Dépôt légal : mai 2001 — D.2001/0089/132
ISBN 2-8001-3094-6

Imprimé en Belgique.

MER DU NORD, AU LARGE DE LA NORVÈGE, LE 07 JUIN, 9 H 27.
BON, C'EST FINI... RETOURNEZ AU BOULOT, VOUS AUTRES.
1

TOI, TU VIENS AVEC MOI.
DIO! VOUS N'ALLEZ PAS DIRE QUE C'EST MOI! MES PASTAS, MES PIZZAS, TOUT CE QUE JE CUISINE, C'EST LES RECETTES DE LA MAMMA! C'EST PAS ÇA QUI LES EMPOISONNE!
INTOXICATION ALIMENTAIRE POUR LA DEUXIÈME FOIS EN SIX JOURS, ÇA ME FAIT QUATRE GARS À L'HÔPITAL DE STAVENGER, DOMENICO.
ET IMPOSSIBLE DE LES REMPLACER, IL N'Y A PLUS DE PERSONNEL DISPONIBLE À TERRE.
MA, VOUS AVEZ MANGÉ LA MÊME CHOSE QU'EUX, CHEF, ET VOUS N'AVEZ RIEN. CE N'EST PAS LA NOURRITURE.
QUOI QU'IL EN SOIT, À PARTIR D'AUJOURD'HUI ET TANT QU'ON N'A PAS LES RÉSULTATS DES ANALYSES, PLUS DE SURGELÉS NI DE CONSERVES. CAPITO?
MA! COMMENT VOULEZ-VOUS...? VOUS M'AVEZ ACHETÉ UN POTAGER?
UNE CANNE À PÊCHE.
MESSIEURS ...
J'AI INTERROGÉ L'ÉQUIPE DE JOUR. PERSONNE NE SAIT RIEN. ILS RÂLENT POUR LE SURCROÎT DE BOULOT...
PAR CONTRE, DANS L'ÉQUIPE DE NUIT, BANKS ET NIHOUL ONT QUITTÉ LEUR POSTE UN ASSEZ LONG MOMENT... ILS L'ONT DÉCLARÉ SPONTANÉMENT.
JE LES AI FAIT VENIR À LA CANTINE.
2

VOUS LE PREMIER, BANKS...
J'AI EU UN CREUX PENDANT LA NUIT, ALORS JE ME SUIS FAIT UN SANDWICH. C'EST TOUT, J'AI RIEN VU.
VOUS ÊTES DONC ALLÉ AUX CUISINES?
ÉVIDEMMENT! C'EST DANS LES CUISINES QU'ON TROUVE LE JAMBON ET LA CONFITURE DE GROSEILLES POUR MON SANDWICH PRÉFÉRÉ!
BAAH!
MAMMA MIA! JAMBON-GROSEILLES! ET AVEC ÇA, LUI, IL N'EST PAS EMPOISONNÉ!
ET VOUS, NIHOUL?
BEN, J'AI JUSTE ÉTÉ AUX TOILETTES.
QUOI? C'EST PAS INTERDIT, NON? J'SUIS PAS CENSÉ GARDER DEUX LITRES DE BIÈRE JUSQU'AU MATIN!
VOUS AVEZ BU DE LA BIÈRE!?!
EUH... D'LA BIÈRE SANS ALCOOL, M'SIEUR MORNAR, SANS ALCOOL, J'VOUS JURE!
BON. CE SERA TOUT. REPRENEZ LE TRAVAIL.
RASMUSSEN, VOUS FOUILLEREZ DISCRÈTEMENT LEUR CABINE.
VOUS CROYEZ QU'UN DES DEUX AURAIT PU...?
3

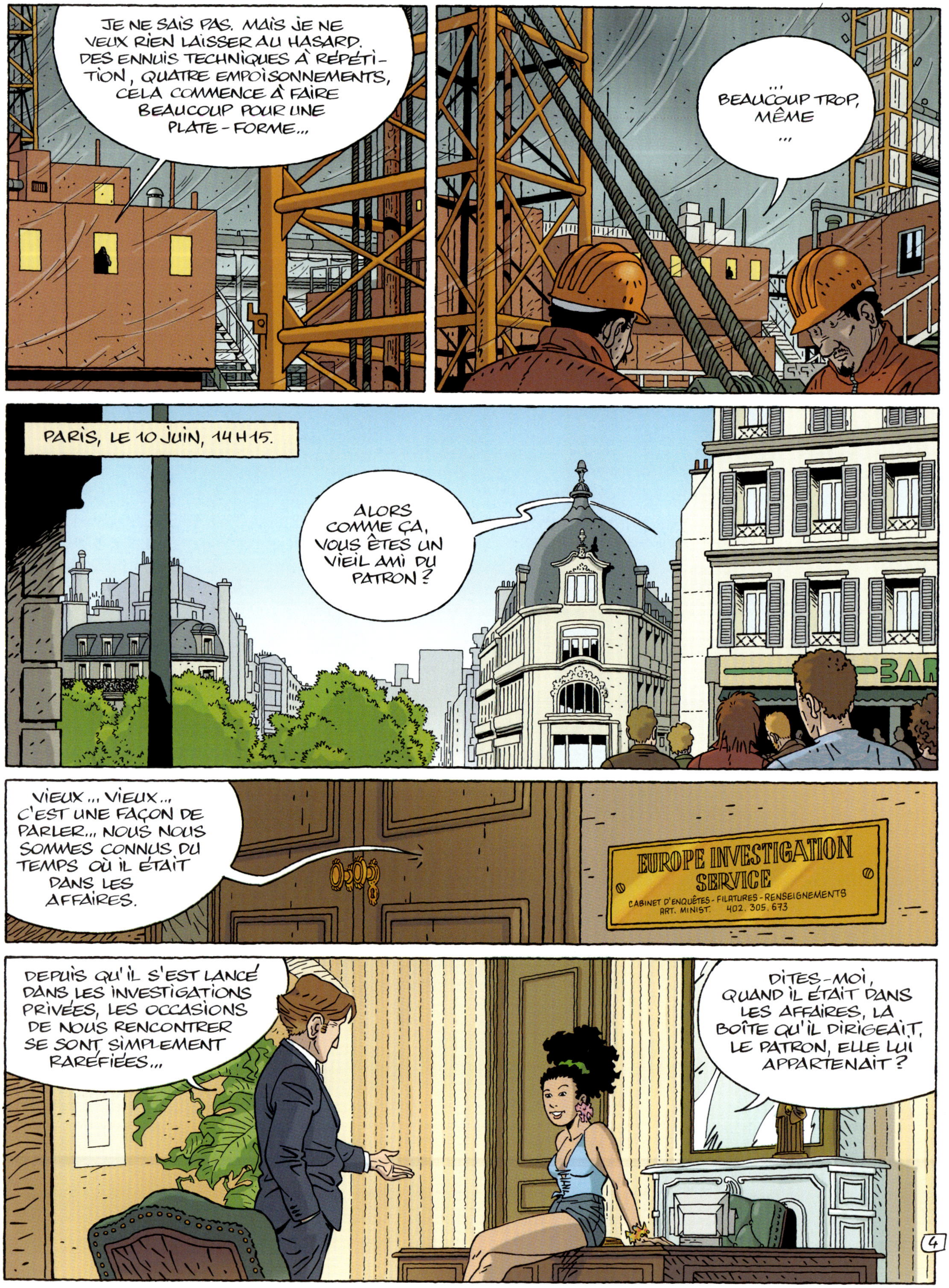
JE NE SAIS PAS. MAIS JE NE VEUX RIEN LAISSER AU HASARD. DES ENNUIS TECHNIQUES À RÉPÉTITION, QUATRE EMPOISONNEMENTS, CELA COMMENCE À FAIRE BEAUCOUP POUR UNE PLATE-FORME...
... BEAUCOUP TROP, MÊME ...
PARIS, LE 10 JUIN, 14 H 15.
ALORS COMME ÇA, VOUS ÊTES UN VIEIL AMI DU PATRON ?
BAR
VIEUX... VIEUX... C'EST UNE FAÇON DE PARLER... NOUS NOUS SOMMES CONNUS DU TEMPS OÙ IL ÉTAIT DANS LES AFFAIRES.
EUROPE INVESTIGATION SERVICE
CABINET D'ENQUÊTES - FILATURES - RENSEIGNEMENTS
AGT. MINIST. 402. 305. 673
DEPUIS QU'IL S'EST LANCÉ DANS LES INVESTIGATIONS PRIVÉES, LES OCCASIONS DE NOUS RENCONTRER SE SONT SIMPLEMENT RARÉFIÉES...
DITES-MOI, QUAND IL ÉTAIT DANS LES AFFAIRES, LA BOÎTE QU'IL DIRIGEAIT, LE PATRON, ELLE LUI APPARTENAIT ?
4

IL EN ÉTAIT L'ACTIONNAIRE MAJORITAIRE.
COOL ! QUAND LES AMÉRICAINS L'ONT RACHETÉE, IL S'EST FAIT UN MAX DE BLÉ ALORS !?
EN FAIT, L'ACHETEUR ÉTAIT ALLEMAND. MAIS EFFECTIVEMENT, L'OPÉRATION FINANCIÈRE A ÉTÉ DES PLUS...
ANDREW !
ALEX...
JE VOIS QUE TU AS FAIT CONNAISSANCE AVEC KELI, MON ASSISTANTE.
VOUS ÊTES EN RETARD, PATRON.
KELI, JE ME SUIS RUINÉ EN CHAISES DE BUREAU, J'AIMERAIS QUE VOUS EN PROFITIEZ UN PEU !
OUAIS, BON...
ET SI VOUS VOULEZ DES RENSEIGNEMENTS SUR MON COMPTE, IL SUFFIT DE ME LES DEMANDER.
ANDREW, JE SUIS À TOI.
TU SAIS QUE JE SUIS DEVENU RESPONSABLE DE L'EXPLOITATION PÉTROLIÈRE OFF-SHORE EN MER DU NORD... J'AI UN PROBLÈME SUR UNE DE MES PLATES-FORMES.
DEPUIS QUELQUE TEMPS, CETTE STATION COLLECTIONNE LES PROBLÈMES TECHNIQUES ET LES PANNES DIVERSES. CE POURRAIT N'ÊTRE QU'UNE RARE MALCHANCE, MAIS IL Y A PIRE : CETTE SEMAINE, LA STATION A PERDU QUATRE OUVRIERS, VINGT POUR CENT DU PERSONNEL, SUR INTOXICATION ALIMENTAIRE.
CE QU'IL Y A D'ÉTRANGE, C'EST QUE LES MÉDECINS DE STAVENGER NE TROUVENT RIEN, AUCUN GERME DANS LES ALIMENTS OU LE SYSTÈME DIGESTIF DES MALADES. LES TOXINES NE PEUVENT ÊTRE RATTACHÉES À AUCUN ALIMENT INGURGITÉ.
AUTREMENT DIT, SI LES CAUSES DE L'INTOXICATION SONT EXOGÈNES, QUELQU'UN DANS LA STATION S'AMUSE À EMPOISONNER LE PERSONNEL !
5

TU AS EFFECTUÉ UNE PREMIÈRE ENQUÊTE INTERNE ?
MORNAR, LE COMMANDANT DE LA STATION, A INTERROGÉ DEUX SUSPECTS ET A FOUILLÉ DANS LEURS AFFAIRES PERSONNELLES. SANS RÉSULTAT.
SI CELA T'EST POSSIBLE, J'AIMERAIS QUE TU TE RENDES SUR PLACE ET QUE TU ENQUÊTES EN PROFONDEUR SUR CE PROBLÈME.
HUM... EN FAIT... EN FAIT... ÇA PEUT SE FAIRE, MAIS JE N'AURAI QUE SIX JOURS DE LIBRES.
QUAND PEUX-TU ÊTRE SUR PLACE ?
DEMAIN FIN DE JOURNÉE... SI J'AI UN AVION...
JE M'EN OCCUPE ! UN HÉLICOPTÈRE T'ATTENDRA À L'AÉROPORT DE STAVENGER.
NOUS ATTENDRA... J'EMMÈNE MON ASSISTANTE AVEC MOI.
TON ASSISTANTE ?... C'EST-À-DIRE... UNE PLATE-FORME EST UN UNIVERS TRÈS MASCULIN. JE... J'AI PEUR QUE POUR UNE JEUNE FILLE, CE SOIT...
VOUS PENSEZ QU'UNE JEUNE FILLE N'EST PAS CAPABLE DE SE FAIRE RESPECTER, M. BYTTEL ?
À VRAI DIRE ...
À QUELLE JEUNE FILLE PENSEZ-VOUS AVOIR AFFAIRE ?
NON. JE VEUX UNE RÉPONSE.
ÇA VA, KELI... JE CROIS QU'ANDREW A COMPRIS.
EH BIEN, EN ENTRANT JE ME DISAIS : VOICI UNE FILLE BIEN TROP JOLIE POUR ÊTRE EFFICACE... MAINTENANT, JE DIRAIS PLUTÔT QUE VOUS ÊTES TROP FIÈRE...
6

11 JUIN, 17 H 43.
KELI, CES STUPIDES COMBINAISONS, COMME VOUS DITES, SONT ÉTUDIÉES POUR QU'EN CAS D'ACCIDENT, NOUS PUISSIONS SURVIVRE DANS LES EAUX GLACÉES DE LA MER...
EN OUTRE, JE PENSAIS QUE LA COULEUR VOUS PLAIRAIT.
C'EST MOCHE ET ON EST MAL DEDANS.
VOUS ÊTES TOUJOURS FÂCHÉE... ÉCOUTEZ, JE CONNAIS BIEN ANDREW, C'EST UN COMPLIMENT QU'IL VOUS A FAIT.
M'EN FICHE. VOUS AURIEZ DÛ ME LAISSER FAIRE.
C'EST UN AMI ET UN CLIENT, KELI, UN CLIENT. NE L'OUBLIEZ PAS, ON NE GIFLE PAS LES CLIENTS.
7

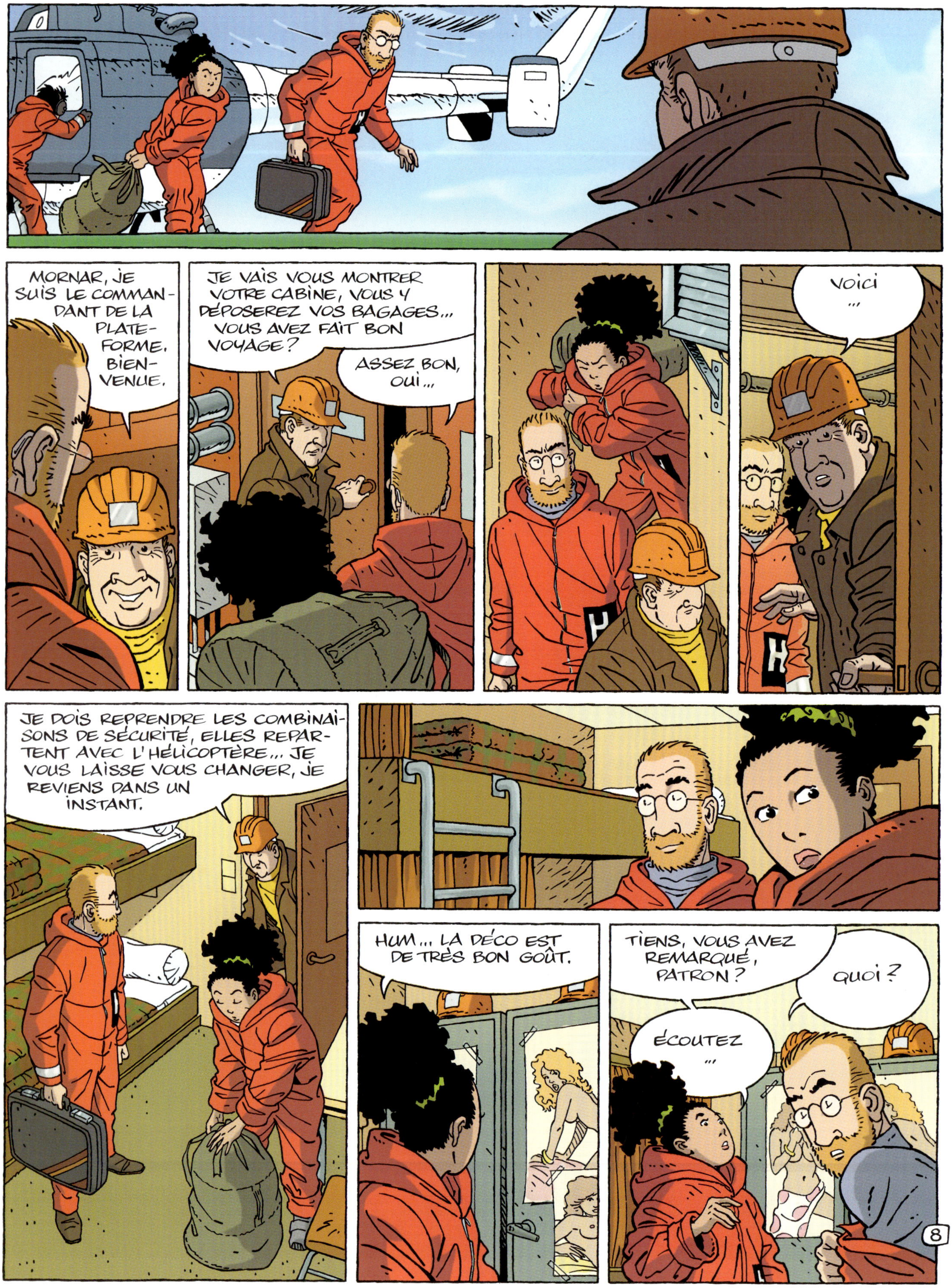

MORNAR, JE SUIS LE COMMANDANT DE LA PLATE-FORME. BIENVENUE.
JE VAIS VOUS MONTRER VOTRE CABINE, VOUS Y DÉPOSEREZ VOS BAGAGES... VOUS AVEZ FAIT BON VOYAGE ?
ASSEZ BON, OUI...
VOICI ...
JE DOIS REPRENDRE LES COMBINAISONS DE SÉCURITÉ, ELLES REPARTENT AVEC L'HÉLICOPTÈRE... JE VOUS LAISSE VOUS CHANGER, JE REVIENS DANS UN INSTANT.
HUM... LA DÉCO EST DE TRÈS BON GOÛT.
TIENS, VOUS AVEZ REMARQUÉ, PATRON ?
QUOI ?
ÉCOUTEZ ...
8

LES CHAMBRES SONT INSONORISÉES.
C'EST HEUREUX ! IL Y A UN BOUCAN D'ENFER SUR CETTE PLATE-FORME !
ÇA VEUT DIRE QUE SI QUELQU'UN QUITTE SA CABINE LA NUIT, IL OUVRE LA PORTE ET FORCÉMENT IL RÉVEILLE L'AUTRE.
EN EFFET...
ON L'APPELLE UN CHIEN DE GARDE. ILS SONT DEUX À SE RELAYER POUR TOURNER CONTINUELLEMENT AUTOUR DE LA PLATE-FORME. QUESTION DE SÉCURITÉ.
COMME M. BYTTEL A DÛ VOUS LE DIRE, CECI EST UNE STATION D'EXPLORATION. NOUS SOMMES À LA RECHERCHE DE NAPPES DE PÉTROLE ET DE GAZ.
LE TRAVAIL S'EFFECTUE VINGT-QUATRE HEURES SUR VINGT-QUATRE, DE JOUR ET DE NUIT.
ACTUELLEMENT, COMME NOUS MANQUONS D'HOMMES, NOUS NE TRAVAILLONS PLUS QUE SUR UN SEUL FORAGE À LA...
ATTENTION !
9

KLANK!
D'APRÈS LES INGÉNIEURS, LA NAPPE DEVRAIT SE TROUVER AUX ALENTOURS DE MOINS 3 200 MÈTRES SOUS LES FONDS MARINS.
IMPRESSIONNANT ...
JE SUPPOSE QUE TOUT LE MONDE EST AU COURANT DE NOTRE RÔLE EXACT SUR LA STATION.
JE LEUR AI EXPLIQUÉ ...
JE DOIS DIRE QUE LA PLUPART SONT MÉFIANTS, ILS PENSENT QUE VOUS ÊTES UNE SORTE DE... DE FOUILLE-POUBELLE, POUR RESTER POLI ... ILS N'AIMENT PAS ÇA...
MAIS NE VOUS INQUIÉTEZ PAS, JE SUIS CERTAIN QUE LA PRÉSENCE DE MADEMOISELLE VA FAVORISER UN CHANGEMENT D'ATTITUDE.
VOICI LA SALLE DE CONTRÔLE.
10

MON SECOND, RASMUSSEN.
HELLO.
ALORS, VOUS ALLEZ NOUS LE TROUVER, CET EMPOISONNEUR ?
S'IL EXISTE, OUI ...
ÇA NE FERAIT PAS DE MAL, LES HOMMES COMMENCENT À DEVENIR NERVEUX ...
D'ICI, NOUS POUVONS CONTRÔLER TOUTES LES INSTALLATIONS DE L'ENSEMBLE DE LA PLATE-FORME. UN SYSTÈME ÉLECTRONIQUE NOUS PERMET EN OUTRE DE VISUALISER LA PROGRESSION DU FORAGE AU TRAVERS DES DIFFÉRENTES COUCHES DE ROCHE PRÉSUMÉES.
ET ICI, NOUS AVONS LES CUISINES, L'INFIRMERIE, LA CANTINE, LA SALLE DE BILLARD ...
EN DEHORS DU TRAVAIL, C'EST ICI QUE NOUS PASSONS LE TEMPS DE LOISIR QU'IL NOUS RESTE.
SOULS ON BOARD
15
AH OUI ... CECI EST LE NOMBRE DE PERSONNES QUI SE TROUVENT À BORD.
SOULS ON BOARD
15
NOUS ÉTIONS QUINZE, AVANT VOTRE ARRIVÉE, NOUS SOMMES DIX-SEPT MAINTENANT.
SOULS ON BOARD
17
KLAK!
11

11 JUIN, 20 H 30.
TOM WABEL ... JE SUIS L'INFIRMIER, LE BLANCHISSEUR ET LA FEMME D'OUVRAGE DE LA PLATE-FORME ... L'HOMME À TOUT FAIRE, QUOI.
VOUS N'AVIEZ ENREGISTRÉ AUCUN SIGNE AVANT-COUREUR D'UNE INTOXICATION ALIMENTAIRE AUPRÈS DES PERSONNES QUI ONT ÉTÉ TOUCHÉES ?
ABSOLUMENT AUCUN. TOUTE L'ÉQUIPE ÉTAIT ET EST TOUJOURS EN PARFAITE SANTÉ.
IL Y A JUSTE... MAIS ÇA N'A RIEN À VOIR, FRAZER ET Mc READY QUI ONT SOUFFERT QUELQUE PEU DE MAUX DE TÊTE ...
SI ÇA SE TROUVE, MALGRÉ L'INTERDICTION, CES DEUX-LÀ FORCENT UN PEU TROP SUR LE WHISKY DANS LEUR PIAULE... C'EST COURANT SUR LES PLATES-FORMES.
ALORS COMME ÇA, VOUS ÊTES DÉTECTIVE PRIVÉ ! C'EST PAS COURANT, UNE FEMME DÉTECTIVE...
ÇA NE VOUS FAIT PAS PEUR D'ÊTRE LA SEULE FEMME SUR LA STATION ?
ABSOLUMENT PAS.
C'EST PARCE QUE VOUS AIMEZ LES VRAIS HOMMES COMME NOUS.
LES VRAIS HOMMES... MAIS PROPRES ! SI C'EST POSSIBLE ...
11 JUIN, 21 H 47.
12

TOUJOURS PERCHONNE ?
TOUT BAIGNE, PATRON.
PARFAIT, J'AI QUASI TERMINÉ ...
C'EST BON. VOUS POUVEZ VENIR.
FAITES UNE RISETTE, AU MOINS...
13

12 JUIN, 03 H 22
MAKINEN !?! QU'EST-CE QUE... ?
KNOT !
KLANNK !
14

VENEZ VITE ! ON A DES ENNUIS AU FORAGE, LE GRUTIER EST DEVENU FOU !
KLANNK !
APRÈS UN COUP SUR LA TÊTE DE FORAGE, IL S'EST ACHARNÉ SUR LA SALLE DE CONTRÔLE.
KIRISPUU A DÛ FUIR PRÉCIPITAMMENT.
C'EST LUI LE SABOTEUR !
ON NE PEUT PAS LUI COUPER L'ÉLECTRICITÉ ?
SI, MAIS L'INTERRUPTEUR SE TROUVE DANS LA SALLE DE CONTRÔLE... AVEC LE RISQUE DE SE FAIRE APLATIR PAR CE DINGUE !
ET COUPER LE GÉNÉRAL ?
LA PROCÉDURE EST TROP LONGUE. LE SYSTÈME DE SÉCURITÉ NE PERMET DE DÉBRANCHER QUE LORS DE L'ABANDON DE LA PLATE-FORME.
KLANNK !
BON, SI PERSONNE NE SE DÉCIDE, C'EST LA SEULE FEMME DU COIN QUI VA SE BOUGER LE POPOTIN !
KELI ?!
KELI ! DESCENDEZ ! QU'EST-CE QUI VOUS PREND ?
JE VAIS FAIRE DIVERSION ! FILEZ À LA SALLE DE CONTRÔLE !
ATTENTION !!
15

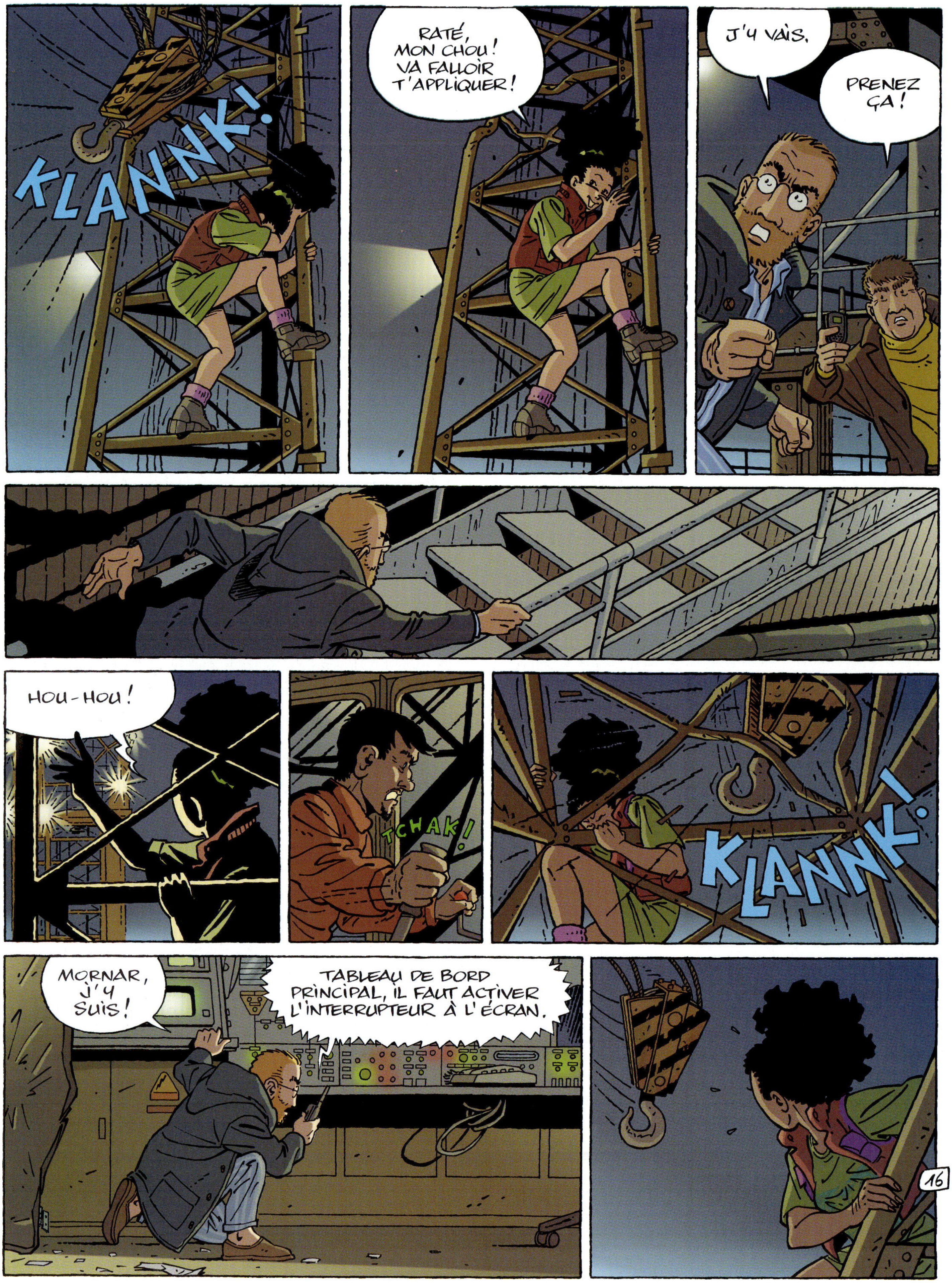
KLANNK!
RATÉ, MON CHOU! VA FALLOIR T'APPLIQUER!
J'Y VAIS.
PRENEZ ÇA!
HOU-HOU!
TCHAK!
KLANNK!
MORNAR, J'Y SUIS!
TABLEAU DE BORD PRINCIPAL, IL FAUT ACTIVER L'INTERRUPTEUR À L'ÉCRAN.
16

UNE FOIS ACTIVÉE, LA RANGÉE DE MANETTES COUPLÉES, SUR LA GAUCHE, S'ALLUME. ABATTEZ LA TROISIÈME.
KLANNK!
NOM DE ...
ELLE VA ...!
KLAK!
WUUUUUUUUUUUU...
IL A RÉUSSI.
ALLEZ-Y, VENEZ ...
REGARDEZ!
17

MAKINEN ?! C'EST MAKINEN !
MAIS !? C'EST SMOL QUI DOIT ÊTRE DE FONCTION CETTE NUIT !
MAKINEN! NON !
12 JUIN, 04 H 25.
LE CHIEN DE GARDE N'A RIEN TROUVÉ... LE CORPS DE MAKINEN A DÛ COULER À PIC.
PARDI ! UN SAUT DE PRÈS DE QUARANTE MÈTRES !
C'EST INCROYABLE! ... UN TYPE D'ORDINAIRE SI CALME ...
VOUS PENSEZ, VOUS, QUE C'EST LUI LE SABOTEUR ? QU'IL A TENTÉ UN COUP DE FORCE ? ET QUE VOYANT QU'IL AVAIT ÉCHOUÉ, IL S'EST SUICIDÉ ?
MÊME SI C'EST CE QUE JE PENSAIS, JE NE VOUS LE DIRAIS PAS.
ON EST TOUS SUSPECTS ? C'EST ÇA ?
18

J'L'AI PAS ENTENDU VENIR, AVEC LE BOUCAN... ET PUIS BANG ! LE TROU NOIR.
NE BOUGE PAS, JE TERMINE ...
JE NE COMPRENDS PAS... JE NE PEUX PAS CROIRE QUE MAKINEN AIT FAIT CELA.
LA NUIT N'EST PAS FINIE. JE DOIS AVERTIR LA POLICE NORVÉGIENNE ET PRÉPARER UN RAPPORT DÉTAILLÉ POUR ANDREW BYTTEL.
KIRISPUU, ALLEZ DONC FAIRE UNE PREMIÈRE ÉVALUATION DES DÉGÂTS MATÉRIELS.
17
SOULS ON BOARD
16
KLAK !
12 JUIN, 11 H13.
ET POURQUOI NE SERAIT-CE PAS UN GARS QUI A CRAQUÉ NERVEUSEMENT ? LE BOULOT EST TRÈS DUR ICI ET LES INTOXICATIONS ALIMENTAIRES N'ONT PAS ARRANGÉ LES CHOSES.
VOUS NE M'AVEZ PAS DIT QU'IL AVAIT DES PROBLÈMES FAMILIAUX ?
SI, BIEN SÛR, MAIS DE LÀ À...
EH BIEN VOILÀ ! À VOTRE PLACE, JE NE CHERCHERAIS PAS MIDI À QUATORZE HEURES... JE VAIS FAIRE UN COMPLÉMENT D'ENQUÊTE SUR CES FAMEUX PROBLÈMES FAMILIAUX ET JE VOUS RECONTACTE.
QUOIQUE ...
19

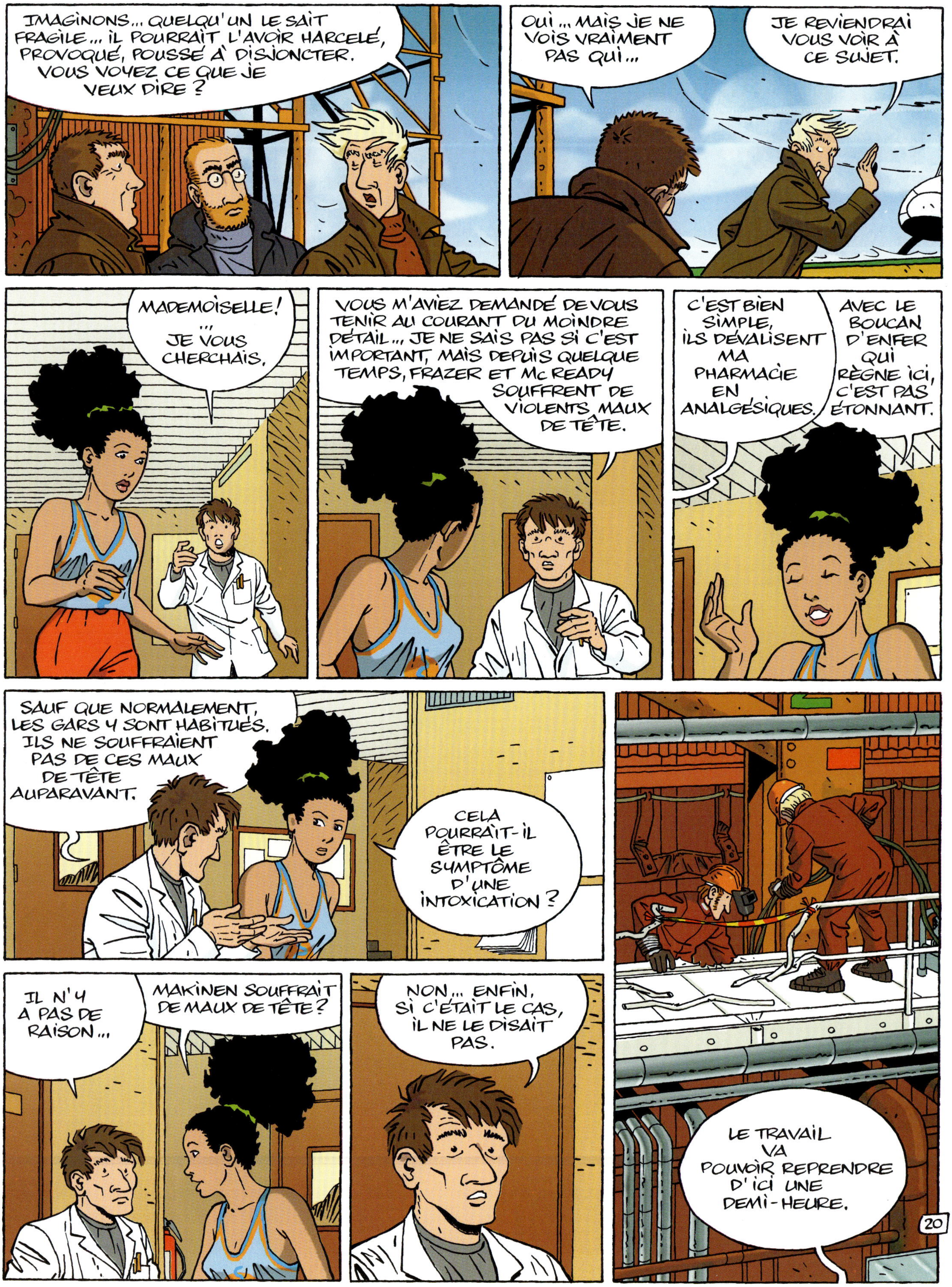
IMAGINONS... QUELQU'UN LE SAIT FRAGILE... IL POURRAIT L'AVOIR HARCELÉ, PROVOQUÉ, POUSSÉ À DISJONCTER. VOUS VOYEZ CE QUE JE VEUX DIRE ?
OUI... MAIS JE NE VOIS VRAIMENT PAS QUI...
JE REVIENDRAI VOUS VOIR À CE SUJET.
MADEMOISELLE! ... JE VOUS CHERCHAIS.
VOUS M'AVIEZ DEMANDÉ DE VOUS TENIR AU COURANT DU MOINDRE DÉTAIL... JE NE SAIS PAS SI C'EST IMPORTANT, MAIS DEPUIS QUELQUE TEMPS, FRAZER ET Mc READY SOUFFRENT DE VIOLENTS MAUX DE TÊTE.
C'EST BIEN SIMPLE, ILS DÉVALISENT MA PHARMACIE EN ANALGÉSIQUES.
AVEC LE BOUCAN D'ENFER QUI RÈGNE ICI, C'EST PAS ÉTONNANT.
SAUF QUE NORMALEMENT, LES GARS Y SONT HABITUÉS. ILS NE SOUFFRAIENT PAS DE CES MAUX DE TÊTE AUPARAVANT.
CELA POURRAIT-IL ÊTRE LE SYMPTÔME D'UNE INTOXICATION ?
IL N'Y A PAS DE RAISON...
MAKINEN SOUFFRAIT DE MAUX DE TÊTE ?
NON... ENFIN, SI C'ÉTAIT LE CAS, IL NE LE DISAIT PAS.
LE TRAVAIL VA POUVOIR REPRENDRE D'ICI UNE DEMI-HEURE.
20

C'EST DU BEAU BOULOT ! BRAVO !
JE DOIS DIRE QUE LES HOMMES ONT DONNÉ !
DANS DIX MINUTES, RÉUNION DANS MON BUREAU, AVEC RASMUSSEN. IL FAUT REPENSER L'ORGANISATION DU TRAVAIL. NOUS SOMMES TROP PEU POUR ASSURER EN TOUTE SÉCURITÉ LE TRAVAIL DE NUIT.
FCHHHHHH !
MERCI, PATRON.
KELI, EN VOUS EMMENANT AVEC MOI, JE NE M'ATTENDAIS PAS À CE QUE LA SITUATION DEVIENNE À CE POINT PÉRILLEUSE... JE PRÉFÈRE ÊTRE CLAIR AVEC VOUS : SI VOUS VOULEZ PARTIR, VOUS EN AVEZ PARFAITEMENT LE DROIT.
AH MAIS PAS DU TOUT ! JE RESTE !
MERCI. JE N'EN ATTENDAIS PAS MOINS DE VOUS...
DANS MON CONTRAT, IL EST MARQUÉ QUE J'AI DROIT À UNE PRIME DE RISQUE POUR CE GENRE DE MISSION. JE COMPTE PAS PASSER À CÔTÉ !
21

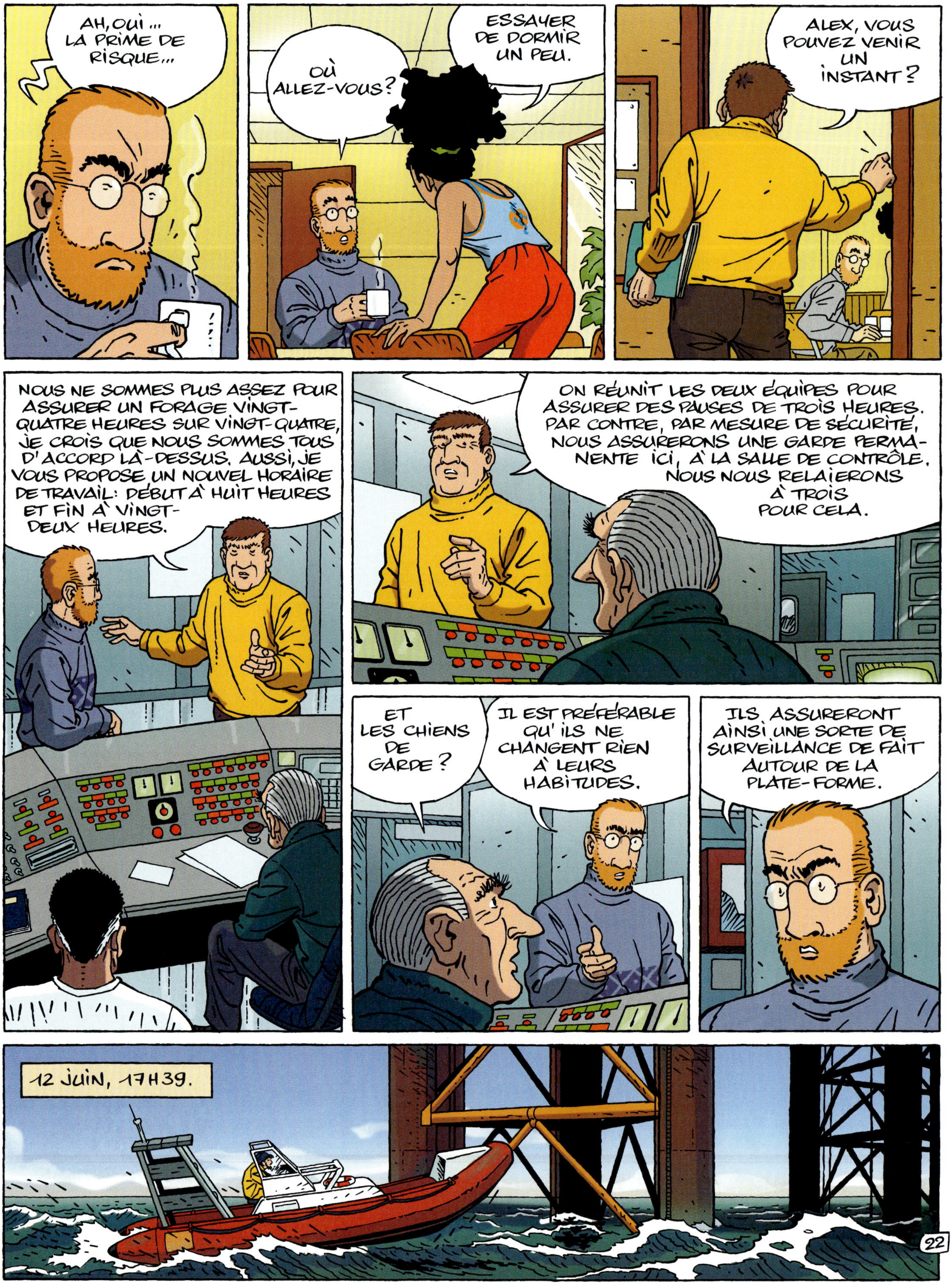
AH, OUI ... LA PRIME DE RISQUE...
OÙ ALLEZ-VOUS?
ESSAYER DE DORMIR UN PEU.
ALEX, VOUS POUVEZ VENIR UN INSTANT?
NOUS NE SOMMES PLUS ASSEZ POUR ASSURER UN FORAGE VINGT-QUATRE HEURES SUR VINGT-QUATRE, JE CROIS QUE NOUS SOMMES TOUS D'ACCORD LÀ-DESSUS. AUSSI, JE VOUS PROPOSE UN NOUVEL HORAIRE DE TRAVAIL: DÉBUT À HUIT HEURES ET FIN À VINGT-DEUX HEURES.
ON RÉUNIT LES DEUX ÉQUIPES POUR ASSURER DES PAUSES DE TROIS HEURES. PAR CONTRE, PAR MESURE DE SÉCURITÉ, NOUS ASSURERONS UNE GARDE PERMANENTE ICI, À LA SALLE DE CONTRÔLE. NOUS NOUS RELAIERONS À TROIS POUR CELA.
ET LES CHIENS DE GARDE?
IL EST PRÉFÉRABLE QU'ILS NE CHANGENT RIEN À LEURS HABITUDES.
ILS ASSURERONT AINSI UNE SORTE DE SURVEILLANCE DE FAIT AUTOUR DE LA PLATE-FORME.
12 JUIN, 17H39.
22

... SI LA SÉCURITÉ N'EST PAS ASSURÉE, LE TRAVAIL DOIT S'ARRÊTER !
C'EST ÇA ! ET ON NE TROUVERA PAS LE GAZ DANS LES DÉLAIS PRÉVUS ! ET ADIEU LA PRIME SPÉCIALE !
J'VAIS T'DIRE, FRAZER, MA PEAU VAUT PLUS QUE QUELQUES BILLETS DE MILLE.
DANS MA CARRIÈRE, J'EN AI FAIT DES PLATES-FORMES ET J'AI PAS ENVIE QUE CELLE-CI SOIT LA DERNIÈRE.
C'EST UNE QUESTION DE CARACTÈRE, Mc READY. C'EST JUSTE QUE TOI, T'ES UN FONCTIONNAIRE DU PÉTROLE.
QUOI !?!
HO ! ÇA SUFFIT, VOUS DEUX ! SEIGNEUR, ON PARLERA DE TOUT ÇA À LA PAUSE, VENEZ PLUTÔT M'AIDER !
23

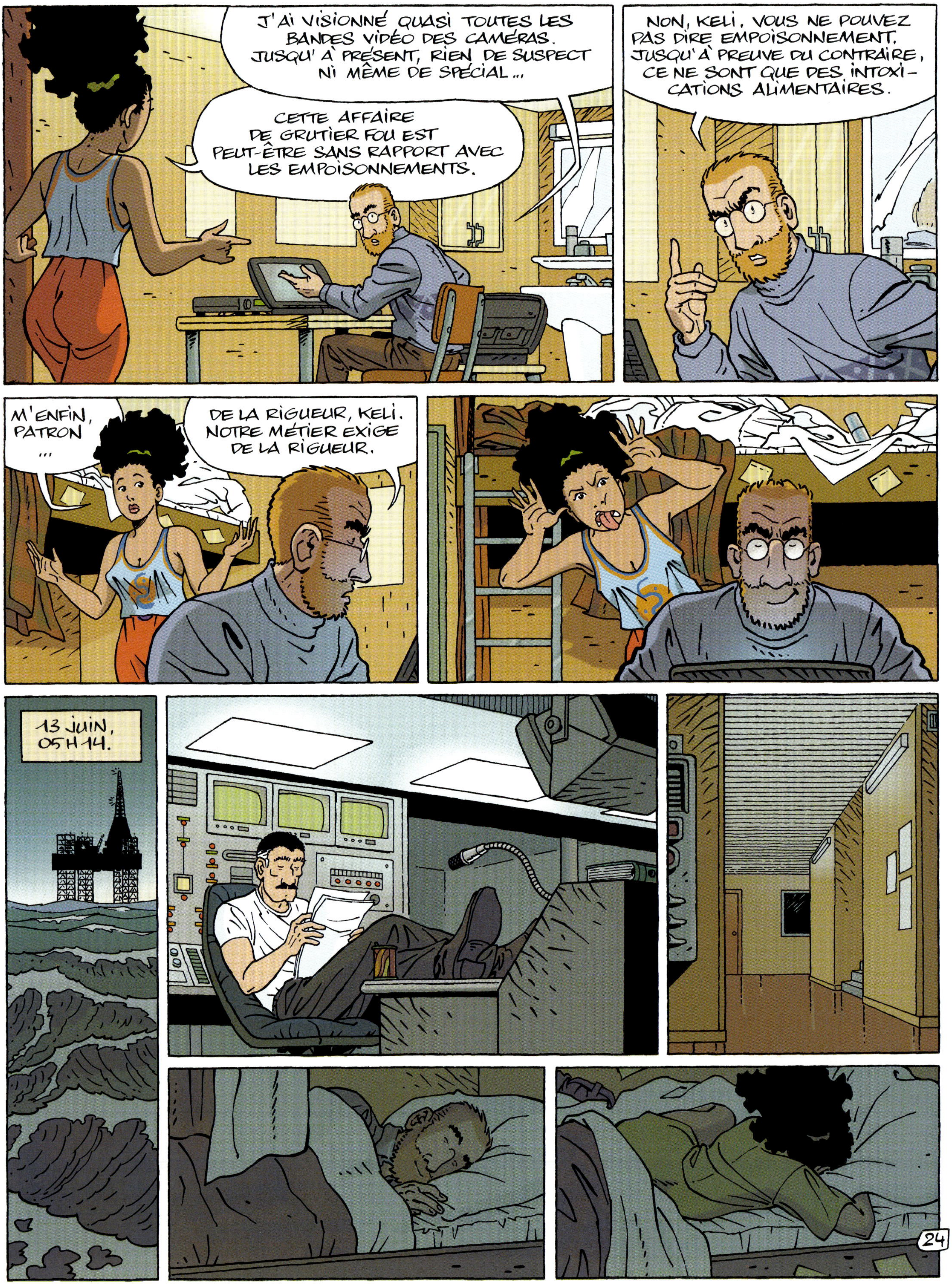
J'AI VISIONNÉ QUASI TOUTES LES BANDES VIDÉO DES CAMÉRAS. JUSQU'À PRÉSENT, RIEN DE SUSPECT NI MÊME DE SPÉCIAL...
CETTE AFFAIRE DE GRUTIER FOU EST PEUT-ÊTRE SANS RAPPORT AVEC LES EMPOISONNEMENTS.
NON, KELI. VOUS NE POUVEZ PAS DIRE EMPOISONNEMENT. JUSQU'À PREUVE DU CONTRAIRE, CE NE SONT QUE DES INTOXICATIONS ALIMENTAIRES.
M'ENFIN, PATRON ...
DE LA RIGUEUR, KELI. NOTRE MÉTIER EXIGE DE LA RIGUEUR.
13 JUIN, 05H14.
24

DÉJÀ DEBOUT !?
DIO ! TU VAS RIRE ! MOI, CETTE STATION QUI NE FAIT PLUS DE BRUIT, ÇA ME FICHE LA TROUILLE !
JE PRENDS MON QUART DANS DIX MINUTES.
TU VEUX UN CROISSANT ? UN PAIN ?
... JUSTE COMME D'HABITUDE. MA COLLATION SPÉCIALE POUR LA JOURNÉE.
ECCO ! ELLE EST PRÊTE.
DOMENICO, TU ES L'ANGE GARDIEN DES CHIENS DE GARDE !
13 JUIN, 07H32.
DOMENICO ? QUELQU'UN A VU DOMENICO ?
EH QUOI, NOM D'UNE PIPE ! OÙ EST-IL PASSÉ ?
25

13 JUIN, 07 H 57.
ALLEZ-Y, JE NE ME RETOURNE PAS. JE NE REGARDE PAS.
?
PATRON ! VENEZ VOIR !
MAIS ... VOUS N'ÊTES PAS...
VENEZ VITE, BON DIEU !
REGARDEZ LE CANOT !
26

IL NE BOUGE PAS ...
IL EST MORT, VOUS CROYEZ ?
IL A SURTOUT EU DE LA CHANCE D'AVOIR COINCÉ LE GOUVERNAIL DANS CETTE POSITION.
FAITES ATTENTION À NE PAS ÊTRE PROJETÉS SUR L'HÉLICE, SURTOUT !
Z'EN FAITES PAS, J'AI FAIT PIS DANS MA VIE.
JE VOUDRAIS VOUS MONTRER QUELQUE CHOSE CONCERNANT DOMENICO.
QUOI ?
VENEZ ...
QU'AVEZ-VOUS TROUVÉ ?
JE L'AI TROUVÉ.
ET ALORS ? IL NE PEUT PAS VENIR LUI-MÊME ?
TUUIIIIIIT
TUUIIIIIIT
27

IL EST VIVANT, PATRON ! DANS UN SALE ÉTAT, MAIS VIVANT !
VOTRE DIAGNOSTIC, WABEL ?
INTOXICATION ALIMENTAIRE, PATRON.
SOULS ON BOARD
14
KLAK!
13 JUIN, 11 H 12.
VOUS SAVEZ QUE NOUS AVONS CACHÉ DES CAMÉRAS-ESPIONS DANS LES DÉTECTEURS D'INCENDIE DES COULOIRS. IL Y A UNE SÉQUENCE QUE NOUS AIMERIONS VOUS MONTRER.
REGARDEZ.
QUELQU'UN S'EST BALADÉ DANS LES COULOIRS, CETTE NUIT !
28
IL EST ENTRÉ DANS LA GRANDE SALLE...

IL Y EST RESTÉ ENVIRON DIX MINUTES.
POUVEZ-VOUS ESTIMER L'HEURE AVEC EXACTITUDE ?
ENTRE DEUX HEURES DIX-HUIT ET DEUX HEURES VINGT-HUIT.
ATTENTION, LA SEULE CHOSE QUE CETTE VIDÉO DÉMONTRE, C'EST QUE DELANOY EST ALLÉ DANS LA GRANDE SALLE. RIEN DE PLUS. CE TYPE DE VIDÉO N'A AUCUNE VALEUR JURIDIQUE.
DE TOUTE FAÇON, LA CUISINE ET LA RÉSERVE SONT FERMÉES POUR LA NUIT...
ET LE VOILÀ QUI REVIENT.
C'EST DELANOY !
QUE ME SUGGÉREZ-VOUS ?
ÉLOIGNEZ-LE QUELQUES INSTANTS, LE TEMPS POUR NOUS DE FOUILLER SA CHAMBRE. S'IL A UNE QUELCONQUE RESPONSABILITÉ DANS CETTE AFFAIRE, PEUT-ÊTRE TROUVERONS-NOUS QUELQUE CHOSE DE PLUS PROBANT.
AUTRE CHOSE. POUVEZ-VOUS DEMANDER AU SERVICE DU PERSONNEL DE ME FAIRE PARVENIR ICI, PAR E-MAIL, LES DOSSIERS PERSONNELS DE L'ENSEMBLE DES EMPLOYÉS DE LA PLATE-FORME ?
CE SERA FAIT.
QUAND JE DIS L'ENSEMBLE, JE VEUX DIRE LE VÔTRE AUSSI...
JE L'AVAIS COMPRIS AINSI.
PATRON ! VENEZ VITE ! LES HOMMES REFUSENT DE REPRENDRE LE TRAVAIL !
29

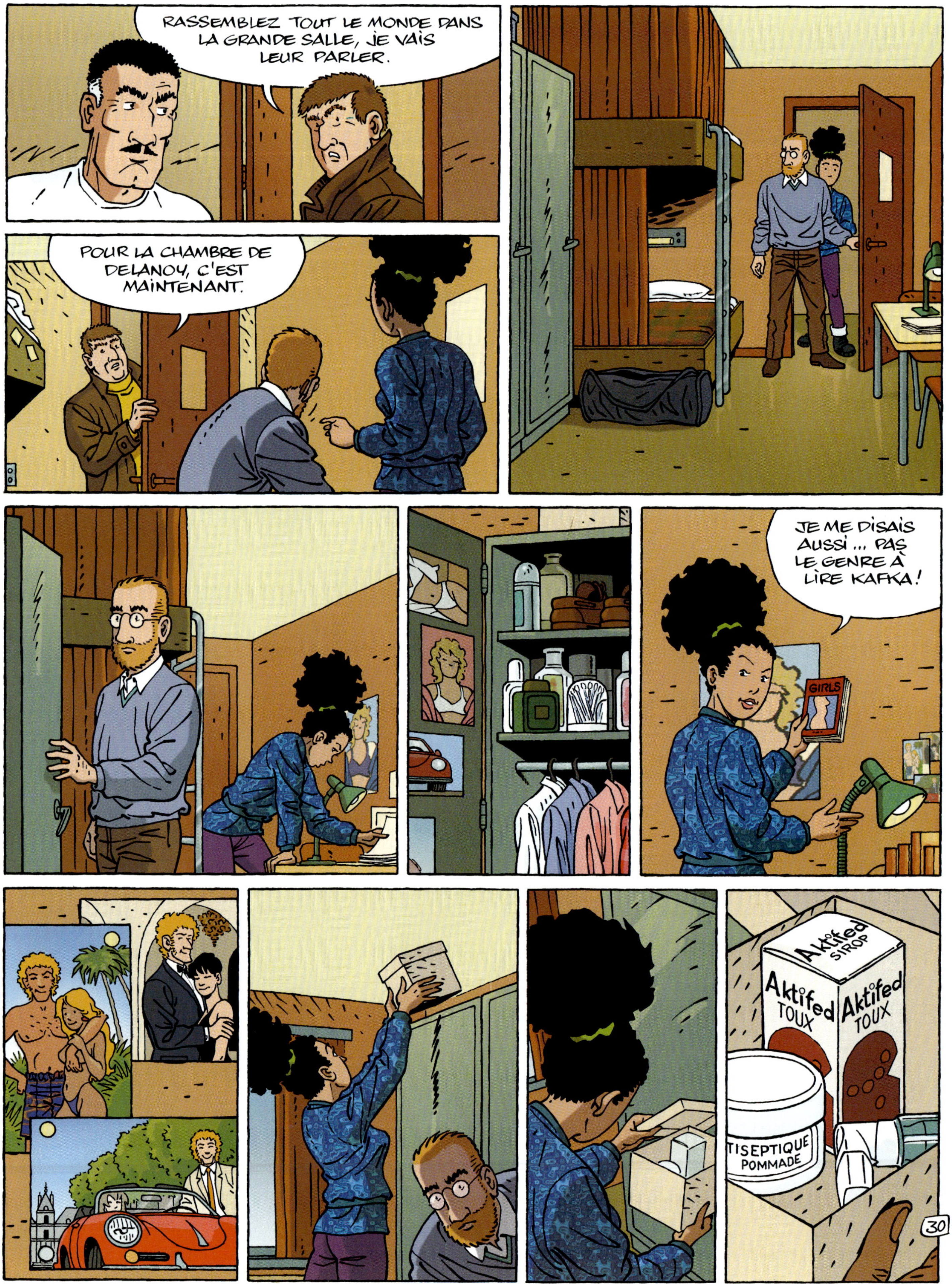
RASSEMBLEZ TOUT LE MONDE DANS LA GRANDE SALLE, JE VAIS LEUR PARLER.
POUR LA CHAMBRE DE DELANOY, C'EST MAINTENANT.
JE ME DISAIS AUSSI ... PAS LE GENRE À LIRE KAFKA !
GIRLS
Aktifed SIROP
Aktifed TOUX
Aktifed TOUX
TISEPTIQUE POMMADE
30

TANT QU'ON Y EST, AUTANT JETER UN OEIL DANS L'ARMOIRE DE Mc READY, NON ?
BRICO
NEROPHEN
NEROPHEN
RIEN DE PROBANT NON PLUS... ALLONS-NOUS-EN, KELI.
Z'ÊTES BIEN SONGEUR ...
QUELQUE CHOSE ME TRACASSE.
S'IL S'AGISSAIT D'UNE INTOXICATION ALIMENTAIRE CLASSIQUE, PAR L'EAU OU PAR LA NOURRITURE, CE SERAIT AU MOINS LA MOITIÉ DE LA PLATE-FORME QUI SERAIT TOUCHÉE...
OR, DANS LE CAS QUI NOUS OCCUPE, IL S'AGIT DE DEUX PERSONNES... DEUX PERSONNES TOUS LES DEUX OU TROIS JOURS... COMMENT ARRIVER À EMPOISONNER DEUX PERSONNES ET SEULEMENT DEUX ?
31

AH! L'IMPRIMANTE A CRACHÉ CECI POUR VOUS.
LE TRAVAIL A REPRIS ?
JUSQU'À CE SOIR, UNIQUEMENT.
ON ATTEND UNE DÉCISION DE LA DIRECTION GÉNÉRALE À PARIS. MAIS JE M'ATTENDS AU PIRE... CETTE MISSION DE MALHEUR SERA UN ÉCHEC.
ON PEUT S'ENFERMER DANS LA GRANDE SALLE ?
EUH... JE SUPPOSE QUE OUI.
COMMENÇONS PAR MORNAR.
LE COMMANDANT DE BORD. ÉTATS DE SERVICE ÉLOGIEUX. IL A FAIT TOUTES SES CLASSES AU SEIN DE LA SOCIÉTÉ. DOSSIER MÉDICAL : NÉANT.
32

RASMUSSEN. ANCIEN MILITAIRE RECONVERTI DANS LE CIVIL, A ÉTÉ NOMMÉ L'ANNÉE DERNIÈRE AU POSTE D'OPÉRATEUR, C'EST-À-DIRE ASSISTANT DU COMMANDANT DE BORD. C'EST LE NUMÉRO DEUX DE LA PLATE-FORME. DOSSIER MÉDICAL : ALLERGIE À CERTAINS ANTIBIOTIQUES.
KIRISPUU. DEUXIÈME ASSISTANT DE MORNAR. NUMÉRO TROIS DE LA PLATE-FORME.
MAIS IL EST PLUS ÂGÉ QUE RASMUSSEN... CELA VEUT DIRE QU'IL EST BARRÉ PAR LA RÉCENTE NOMINATION DE CE DERNIER.
IL POURRAIT EN CONCEVOIR UNE CERTAINE AMERTUME ...
DOSSIER MÉDICAL : PROBLÈMES DE DOS CONSÉCUTIFS À UNE SCOLIOSE PRONONCÉE.
DOMENICO. CUISINIER. SERA MUTÉ, À SA DEMANDE, POUR UN OFF-SHORE DU GOLFE DU MEXIQUE. DOSSIER MÉDICAL : NÉANT.
UNE ÉNIGME, CELUI-LÀ. C'EST TOUT DE MÊME LE MIEUX PLACÉ POUR LES EMPOISONNEMENTS ...
INTOXICATION ALIMENTAIRE, PATRON. SANS PREUVE, VOUS DEVEZ DIRE INTOXICATION ALIMENTAIRE. DE LA RIGUEUR, QUE DIABLE !
LECLERC. CHIEN DE GARDE. ENGAGÉ À CE POSTE DEPUIS SIX ANS. TACITURNE, SOLITAIRE, CÉLIBATAIRE. DOSSIER MÉDICAL : NÉANT.
HUM !
33

WABEL. INFIRMIER. DIX ANS À Q-EIGHT AVANT DE SIGNER ICI IL Y A SIX MOIS. DOSSIER MÉDICAL : NÉANT.
ENCORE UN AUX PREMIÈRES LOGES POUR LES EMPOI... INTOXICATIONS.
NIHOUL. UN RIGOLO CELUI-LÀ. PREMIÈRE AFFECTATION EN OFF-SHORE; AVANT IL TRAVAILLAIT AU SOL. DOSSIER MÉDICAL : SOUFFRE DU MAL DE MER. ÇA C'EST PAS BANAL !
ET SOUPÇONNÉ UNE NUIT DE S'ÊTRE RENDU AUX CUISINES ...
FCHHHHHH
DELANOY. PLUSIEURS EMPLOYEURS DIFFÉRENTS TOUJOURS SUR DES OFF-SHORE. DANS LA BOÎTE DEPUIS UN AN. SI VOUS VOULEZ MON AVIS, UN SACRÉ MACHO ! DOSSIER MÉDICAL : NÉANT.
MACHO OU PAS, SUSPECT LUI AUSSI.
BANKS, BRITISH ET BAGARREUR. ALTERCATION AVEC TONSBERG IL Y A TROIS MOIS (MISE À PIED CINQ JOURS AVEC PERTE DE SALAIRE). DOSSIER MÉDICAL : NÉANT.
TONSBERG EST L'UN DES TOUT PREMIERS INTOXIQUÉS !
Mc READY. VINGT ANS DE CARRIÈRE. SERA PROMU CHEF D'ÉQUIPE L'AN PROCHAIN, IL LE SAIT. DOSSIER MÉDICAL : TENEZ ! ÇA C'EST DRÔLE, PATRON, IL EST ALLERGIQUE À CERTAINS ALIMENTS !
34

KNABEN. A ÉTÉ ENGAGÉ PAR SON FRÈRE AÎNÉ QUI EST RESPONSABLE TECHNIQUE DE L'ENSEMBLE DES OFF-SHORE DE MER DU NORD. TOUTE LA FAMILLE TRAVAILLE DANS LA SOCIÉTÉ À DES POSTES DIVERS. DOSSIER MÉDICAL: FORTE MYOPIE.
FRAZER. RECRUE RÉCENTE. N'EST JAMAIS RESTÉ PLUS DE DEUX ANS À UN MÊME POSTE. À L'ÂGE DE DIX-HUIT ANS, A FAIT TROIS MOIS DE PRISON POUR VOL À MAIN ARMÉE. DOSSIER MÉDICAL: NÉANT.
ET ENFIN SMOL. GRUTIER. DIX ANS DE CARRIÈRE À CE POSTE. DOSSIER MÉDICAL: SE SOIGNE UNIQUEMENT PAR HOMÉOPATHIE.
EH BIEN, VOILÀ, KELI !
VOUS Y VOYEZ PLUS CLAIR, VOUS, PATRON ?
DISONS QUE CERTAINS ÉLÉMENTS SE METTENT EN PLACE. VOUS NE TROUVEZ PAS ?
C'EST MORNAR ! JE PEUX ENTRER ?
BAM ! BAM !
JE SUIS DÉSOLÉ... VOTRE ENQUÊTE EST TERMINÉE. LISEZ CECI.
ÉVIDEMMENT...
35

QUE SE PASSE-T-IL ?
ORDRE DE PARIS : ARRÊT TOTAL DE L'EXPLOITATION. TOUT LE MONDE EST CONSIGNÉ À BORD. DEMAIN, L'ENSEMBLE DU PERSONNEL SERA TRANSFÉRÉ À TERRE POUR ENQUÊTE DE POLICE.
PLAINTE CONTRE X A ÉTÉ DÉPOSÉE AU TRIBUNAL DE PARIS. DES ENQUÊTEURS FRANÇAIS ET NORVÉGIENS VONT PRENDRE CONJOINTEMENT L'AFFAIRE EN MAIN.
13 JUIN. 21 H 43. CHACUN EST CONSIGNÉ DANS SA CABINE. MORNAR, ALEX ET KELI ASSURENT LA GARDE À TOUR DE RÔLE.
DEMAIN, ANDREW BUTTEL RÉCEPTIONNERA LUI-MÊME LE PERSONNEL À STAVANGER.
BIEN ENTENDU, ALEX CONÇOIT CELA COMME UN ÉCHEC PERSONNEL ...
14 JUIN. 08 H 18.
ON DIRA CE QU'ON VOUDRA, MAIS C'EST QUAND IL N'EST PAS LÀ QU'ON VOIT QUE CE FICHU CUISINIER ITALIEN NOUS MANQUE !
TIENS ...
FRAZER N'EST PAS LÀ ? ...
VOUS FAITES LA TÊTE, PATRON ?
IL SEMBLERAIT QUE OUI.
36

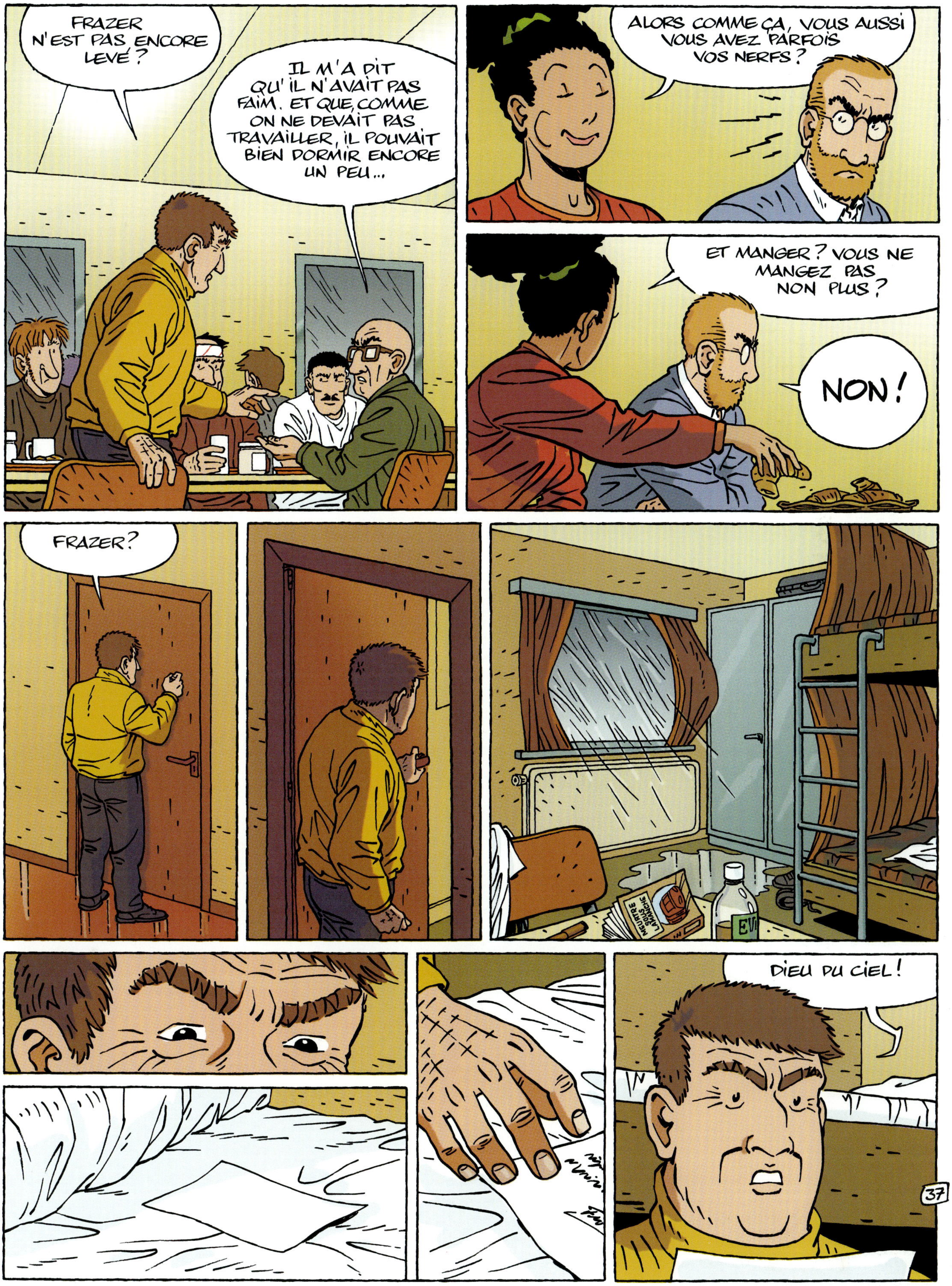
FRAZER N'EST PAS ENCORE LEVÉ ?
IL M'A DIT QU'IL N'AVAIT PAS FAIM. ET QUE, COMME ON NE DEVAIT PAS TRAVAILLER, IL POUVAIT BIEN DORMIR ENCORE UN PEU...
ALORS COMME ÇA, VOUS AUSSI VOUS AVEZ PARFOIS VOS NERFS ?
ET MANGER ? VOUS NE MANGEZ PAS NON PLUS ?
NON !
FRAZER ?
DIEU DU CIEL !
37

J'ai opéré divers sabotages,
réalisé les empoisonnements,
j'ai poussé Makinen au suicide
Je n'ai aucun regret. Je l'ai
fait pour le compte d'une
société concurrente (Vous
saurez jamais qui!)
qui m'a versé une somme
importante pour cela. Cette
somme, je l'ai donnée à
une enfant. Ma fille.
"... À UNE ENFANT, MA FILLE. ELLE EN AURA LA JOUISSANCE LE JOUR DE SES DIX-HUIT ANS. SA MÈRE M'A INTERDIT TOUTE POSSIBILITÉ DE JAMAIS LA REVOIR. JE N'ATTENDAIS PLUS RIEN DE LA VIE ET JE SAVAIS QUE J'ALLAIS ÊTRE DÉCOUVERT." ET C'EST SIGNÉ : FRAZER.
JE M'ATTENDAIS À QUELQUE CHOSE COMME ÇA ...
KELI, QUE FAITES-VOUS ?
JE CHERCHE LE PRODUIT.
LE PRODUIT ?
AVEC LEQUEL IL A EMPOISONNÉ LA MOITIÉ DE LA PLATE-FORME.
ÇA NOUS PERMETTRAIT AU MOINS DE SAVOIR COMMENT...
TENEZ.
UNE PHOTO DE SA FILLE, JE SUPPOSE ...
CE SATANÉ POISON POURRAIT ÊTRE CACHÉ N'IMPORTE OÙ ! AUSSI BIEN DANS UN TUBE DE DENTIFRICE QUE DANS UN FLACON DE MOUSSE À RASER OU D'AFTER-SHAVE OU ...
38

... OU MÊME DANS LES AFFAIRES DE KNABEN.
ÉCOUTEZ... LA POLICE SERA LÀ D'ICI MOINS D'UNE HEURE... JE PENSE QU'IL EST PRÉFÉRABLE QUE VOUS NE TOUCHIEZ À RIEN ET...
DITES... VOUS AVEZ ENTENDU ?
PSCHIiiii!
EUH ... DÉSOLÉ ...
HA, HA, HA!
AH ÇA VOUS FAIT RIRE, ÇA! VOUS N'AVEZ PLUS VOS NERFS, MAINTENANT!
LAISSONS TOUT CELA EN ORDRE POUR LES ENQUÊTEURS NORVÉGIENS ET FRANÇAIS ...
ATTENDEZ ... MAIS ...
PATRON!... C'EST... C'EST ÉVIDENT! JE SAIS QUI...!
39

... QU'EST-CE QUE ... !?
KELI ! QUE SE PASSE-T-IL ?!
... DOSSIERS MÉDICAUX... PAS D'ASMATHIQUE... NI ALLERGIQUE ... LES INHALATEURS, ILS ... ILS ...
KELI !
J'AI COMPRIS ! WABEL ! OCCUPEZ-VOUS D'ELLE !
DELANOY ? KNABEN ? OÙ SONT-ILS ?
JE NE SAIS PAS, JE...
Z'ÉTAIENT ENCORE LÀ IL Y A UN INSTANT.
CHERCHEZ-LES ! CE SONT LES COUPABLES !
MAIS ?! COMMENT ?!
PLUS TARD !
LES ZODIACS ! LES ZODIACS DES CHIENS DE GARDE !
IL Y A AUSSI LA BARGE DE SÉCURITÉ ...
40

SMOK
SLAAM!
PAMM!
SPLAFF!
41

TROP TARD ...
NON! JE VAIS ALERTER LES HÉLICOPTÈRES DE LA POLICE NORVÉGIENNE.
COMMENT AVEZ-VOUS SU ?
C'EST KELI QUI M'A MIS SUR LA VOIE AVANT DE S'ÉVANOUIR... LES DOSSIERS MÉDICAUX DE KNABEN ET DELANOY NE MENTIONNAIENT PAS QU'ILS SOUFFRAIENT D'ASTHME OU D'ALLERGIES. OR, ILS POSSÉDAIENT TOUT DEUX UN VAPORISATEUR... C'EST QU'IL DEVAIT SERVIR À AUTRE CHOSE.
QUAND J'AI VU CE QUI EST ARRIVÉ À KELI, J'AI COMPRIS QUE CES VAPORISATEURS RENFERMAIENT EN RÉALITÉ UN PUISSANT SOMNIFÈRE QUI LEUR PERMETTAIT D'ENDORMIR LEUR COMPAGNON DE CHAMBRE AFIN DE PERPÉTRER LEUR FORFAIT DE NUIT, EN TOUTE IMPUNITÉ.
FAUT DIRE, QUAND LA PLATE-FORME FONCTIONNE 24 HEURES SUR 24, LE VACARME EST ASSOURDISSANT DE NUIT COMME DE JOUR...
ÉTANT DONNÉ QUE McREADY ET CE PAUVRE FRAZER RECEVAIENT UNE DOSE DE SOMNIFÈRE TOUTES LES DEUX OU TROIS NUITS, IL N'EST GUÈRE ÉTONNANT QU'ILS AIENT SOUFFERT DE MAUX DE TÊTE PERSISTANTS !
ET LES EMPOISONNEMENTS ?
J'AI REMARQUÉ QUE LES INTOXICATIONS ALLAIENT TOUJOURS PAR PAIRE, AUSSI JE PENSE À LA MACHINE À CAFÉ, OU PLUS PRÉCISÉMENT LE BEC VERSEUR POUR DEUX TASSES, JOUE LE RÔLE DE VECTEUR DE ...
BIEN PENSÉ, L'AMI !
42

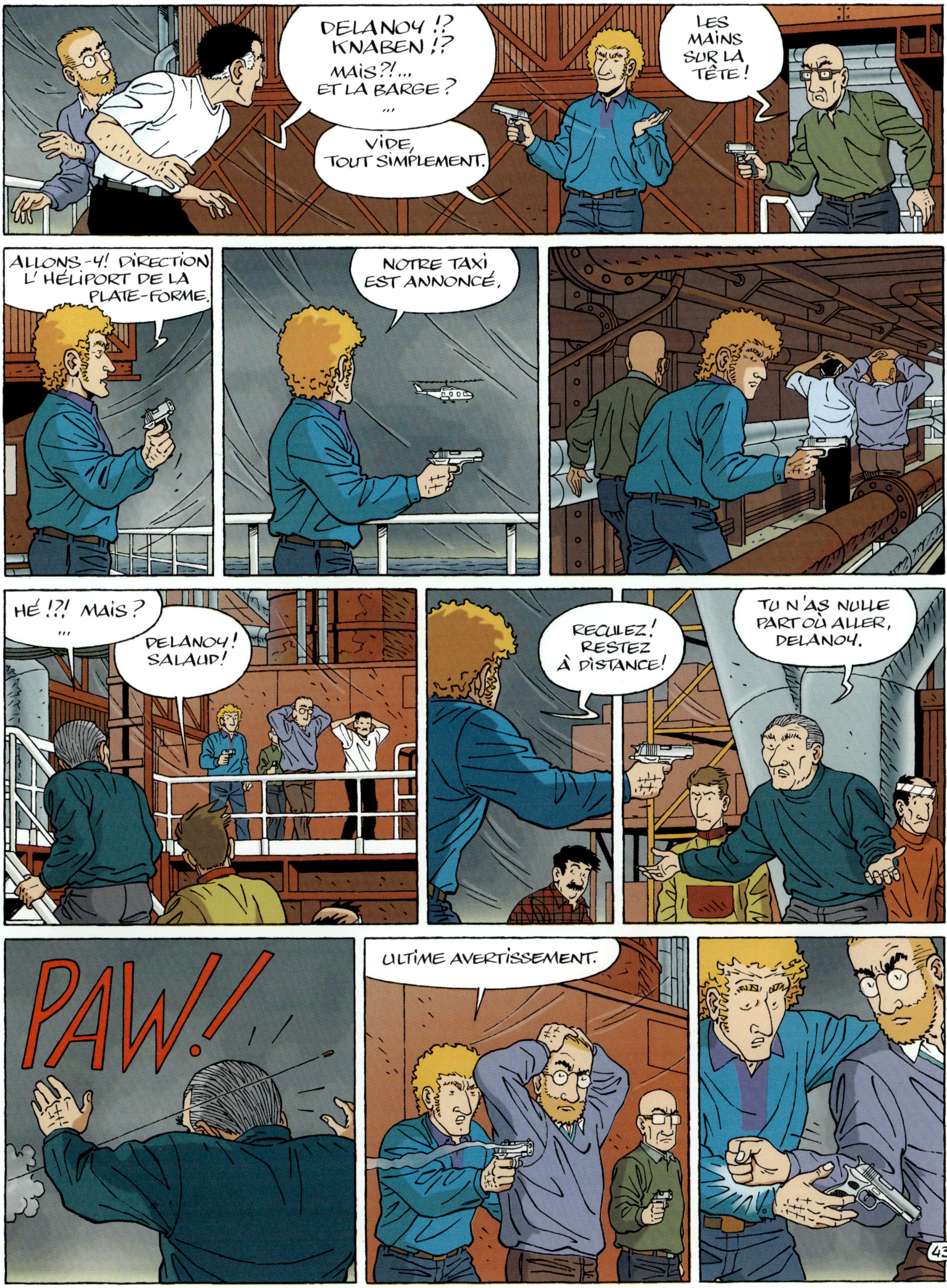
DELANOY !? KNABEN !? MAIS ?!... ET LA BARGE ? ...
VIDE, TOUT SIMPLEMENT.
LES MAINS SUR LA TÊTE !
ALLONS-Y! DIRECTION L' HÉLIPORT DE LA PLATE-FORME.
NOTRE TAXI EST ANNONCÉ.
HÉ !?! MAIS ? ...
DELANOY! SALAUD!
RECULEZ! RESTEZ À DISTANCE!
TU N'AS NULLE PART OÙ ALLER, DELANOY.
PAW!!
ULTIME AVERTISSEMENT.
43

STOP! NE BOUGE PAS!
BAF
14 JUIN, 11H06.
LE DERNIER
HÉLICOPTÈRE QUITTE
LA STATION.
44

SOULS ON BOARD
0
PARIS, 16 JUIN 10H22.
... ET TU AVAIS VU JUSTE, ALEX. ILS SE SONT BIEN SERVIS DE LA MACHINE À CAFÉ. ILS DÉPOSAIENT UN PEU DE LEUR POISON SUR LE BEC VERSEUR À L'AIDE D'UN COTON-TIGE ...
LA VAPEUR "NETTOYAIT" ENSUITE LES BECS DÈS LA PREMIÈRE UTILISATION, CE QUI EXPLIQUE QU'IL N'Y AVAIT QUE DEUX PERSONNES TOUCHÉES ET QUE TOUTE TRACE DES TOXINES AVAIT DISPARU.
POUR LE GRUTIER, ILS ONT UTILISÉ UN VIOLENT NEUROTOXIQUE À ABSORPTION CUTANÉE. UNE NUIT, KNABEN EN A ENDUIT LA SERVIETTE-ÉPONGE DE MAKINEN. LE MALHEUREUX S'EST ESSUYÉ LE VISAGE AVEC. LE PRODUIT A ATTEINT LE CERVEAU, ET IL A ÉTÉ PRIS D'UNE FOLIE MEURTRIÈRE.
ILS ONT ÉTÉ RECRUTÉS PAR LE FRÈRE DE KNABEN. CE DERNIER BRIGUAIT TOUT SIMPLEMENT MA PLACE, IL VOULAIT MA TÊTE. EN FAISANT ÉCHOUER LES EXPLORATIONS EN MER DU NORD, IL COMPTAIT BIEN ME DISCRÉDITER AUX YEUX DE LA DIRECTION GÉNÉRALE.
IL Y A DES GENS POUR QUI LE POUVOIR JUSTIFIE TOUS LES MOYENS !
ET POUR FRAZER ?
PRESSENTANT QU'ILS RISQUAIENT D'ÊTRE DÉCOUVERTS, KNABEN A ENDORMI FRAZER ET L'A JETÉ PAR LA FENÊTRE. ENSUITE, IL A RÉDIGÉ UNE FAUSSE LETTRE EN IMITANT SON ÉCRITURE.
45

L'HISTOIRE QU'IL A INVENTÉE TENAIT TELLEMENT BIEN LA ROUTE QUE, SANS VOTRE SAGACITÉ, MADEMOISELLE, JE PENSE QUE NOUS CHERCHERIONS TOUJOURS.
EN QUELQUE SORTE, JE VOUS DOIS DES EXCUSES... SI VOUS VOULEZ BIEN LES ACCEPTER...
VOUS SERIEZ À GENOUX, CE SERAIT ENCORE MIEUX !
CECI DIT, Y A ENCORE QUELQUE CHOSE QUI ME TRACASSE...
QUOI DONC, KELI ?
VOUS, PATRON.
PARAIT QUE VOUS VOUS ÊTES BATTU MIEUX QUE STALLONE DANS ROCKY III ! AVEC VOS MANIÈRES PINCÉES ET VOTRE PETIT COSTUME TOUJOURS BIEN DANS SES PLIS, ÇA NE LE FAIT PAS DU TOUT, PATRON. DÉSOLÉE, MAIS J'Y CROIS PAS UNE SECONDE.
C'EST PARCE QUE VOUS AVEZ ENCORE DES CHOSES À APPRENDRE, KELI. PAR EXEMPLE, QUE L'HABIT NE FAIT PAS LE MOINE.
JE PRENDS DES COURS PARTICULIERS DE "SELF DEFENSE" DEPUIS QUELQUES MOIS...
HAN ! COUP DE PIED DEVANT !
HAYA ! UN BALAYAGE ARRIÈ...
BLAM ! SCHHLAAF ! BRING !
2001
...HEU...
ALORS LÀ, OUI, PATRON ! HI, HI, HI ! COMME ÇA, ÇA LE FAIT !
FIN
46
21-02-2001-(17H11)

Family name : MOR
Code : #04.016
Family name : WABE
Code : #04.019
Family name : LECLERC
Code : #04.044
Family name : MC READY
#04.028
Famil
Code